CYRIL ROGER-LACAN

L'INCONNUE

BERNARD GRASSET
PARIS

ISBN : 978-2-246-81859-5

I

Cimetière

Un très jeune homme se présente, par un jour gris, au poste de garde du cimetière du Montparnasse. Poste-frontière dont la routine, inchangée depuis le XIXe siècle, absorbe les émotions du deuil. Ces agents en uniforme ont fait du temps des morts leur abri : il les protège de la hâte, lisse jusqu'à l'effacement la trace des chagrins, des visages rougis, des cortèges qui se succèdent, petites foules erratiques et lentes, hésitant entre les tombes, parcourues de sanglots éclatant çà et là en soudaines saccades. Ici l'impétrant baisse un peu la voix et ce sont eux, les agents, qui parlent fort, avec une rudesse ordinaire, comme pour ne rien céder à ce théâtre de l'émotion qui menace leur tranquillité. Ils répondent sans hâte aux questions du jeune homme, soulignent que celle dont il leur demande de lui indiquer la sépulture est morte depuis dix ans, qu'il faut donc chercher dans d'autres registres que ceux qu'ils ont sous les yeux. Ils la trouvent enfin, notent sur un petit formulaire une adresse plus complète que celle des vivants, plus énigmatique aussi, comme le serait l'emplacement crypté d'un trésor. Ils lui montrent sur un plan comment y parvenir. Il ressort soulagé, malgré tout, de n'avoir pas été interrogé sur son lien de parenté avec celle dont il cherche la tombe. Une sorte de honte s'agitait en lui, et autre chose, aussi, comme un oiseau en cage.

Il ne s'est pas arrêté chez les marchands de fleurs, à l'entrée. Tout l'intimide et lui est étranger : il voudrait se rendre invisible et marcher droit au but. Personne ne le regarde, pourtant, mais il lui semble que chacun de ses pas découpe, sous le ciel lourd, la peau d'un énorme abcès. Et qu'un jus noir, mêlé de pus et de sang, s'en échappe. Que ce commerce affreux avec le temps qui s'est figé en lui, dix ans plus tôt, ne peut passer inaperçu. Soldat inconnu, intrus de son histoire, venu accomplir seul, entre les tombes, cette reconnaissance. Sa mission. Trouver la tombe de sa mère, dont personne ne lui a montré le chemin, qu'il n'a jamais osé demander.

De l'abcès sectionné s'échappent à présent, comme chez Jérôme Bosch, des oiseaux sans ailes aux becs interminables, coiffés d'entonnoirs, vêtus de chasubles aux symboles obscurs, des reptiles boudinés aux costumes étranges, virevoltant avec peine sur les eaux immobiles, des porcs à face humaine, ricanant dans les plis obscurs d'un monde sans contours, des damnés nus, errants, livrés aux sarcasmes de bêtes triomphantes.

Une pluie fine s'est mise à tomber. Entre les tombes, on ne voit plus personne. Que cet homme qui s'égare, croyait toucher au but et ne trouve plus son chemin. Il revient sur ses pas, s'arrête, regarde tour à tour le papier, les panneaux indiquant le nom des allées, des « divisions ». Et quand enfin il découvre enfin « l'allée Lenoir » – pourquoi ce nom plus anonyme encore qu'un chiffre ? – il ne trouve pas la tombe. Deux fois, trois fois il est passé devant elle sans la voir. À nouveau il se perd. Et revient. La voit. S'arrête.

La pluie a forci. Un homme seul se tient immobile sous l'averse, devant une dalle et une croix de granit. Silhouette sombre, dont le manteau se gorge d'eau.

Malou

Elle habitait un premier étage, à l'angle de deux rues silencieuses de la plaine Monceau. Trois petites pièces tristes et élégantes, la cuisine de quelqu'un qui n'aimait pas la faire, des livres et de beaux tableaux. Peu de bibelots mais des cadeaux d'enfants, cadeaux de fêtes des Mères qu'elle recueillait pour sa fille qui, morte, ne la quittait plus. Les deux enfants lui rendaient visite. Dans l'escalier sombre qui menait à son palier rôdaient des odeurs de frichti, odeurs françaises d'une vie étroite, émaillée de bonnes petites choses. Une boule de verre taillée scintillait dans la demi-pénombre, à laquelle la moquette pourpre donnait un air solennel. Elle leur ouvrait la porte, vêtue d'un pantalon noir ou gris, d'un gilet de même teinte, longue Antigone vieillie, élégante à jamais navrée. Elle les serrait contre elle, longuement, comme si de prolonger cette étreinte bien au-delà des usages, de ces rythmes où la vie a ses habitudes, devait lui permettre de conjurer le sort, de traverser des barrières sans visage que l'accident avait dressées dans la nuit du temps. Son cou sentait Guerlain, *Vol de Nuit*, dont le flacon, comme elle, était voilé de deuil – et les Gauloises, qu'elle coupait en deux et glissait dans un fume-cigarette, noir lui aussi. Mariage exquis, alliage si léger qu'elle semblait glisser comme un joli fantôme, familier, sur la moquette également grise de son appartement. Ses yeux brillaient d'un éclat tendre. Le bord des larmes, tout proche, s'y laissait deviner, comme l'océan qu'on ne voit pas infuse, dans les pays de mer, la lumière des campagnes voisines. En eux elle accueillait sa fille disparue, leur mère, et la conque de cette étreinte vibrait de l'immense écho des heures perdues, des heures pleurées, ressac où le souvenir entrait comme l'orage. Elle les gardait contre elle, et ils étaient gagnés par cette rumeur trop grande. Leur trouble d'enfants les ramenait en surface, intimidés par ce dévoilement silencieux, fuyant malgré eux la démesure de cette émotion. Ce moment d'amour pur et désespéré inondait de lumière la chambre obscure où se cachait leur désarroi, déchirait la pénombre à laquelle leurs yeux s'étaient accoutumés. Ce que sentant, Malou enfin passait à autre chose, les menant au petit salon où ils bavarderaient, joueraient aux cartes, l'écouteraient lire Sherlock Holmes et Jules Verne, entonner parfois un petit refrain de sa voix encore douce, voilée par le tabac, usée par le chagrin, petite chanson presque informe, nimbée pourtant d'une patine élégante, comme une danse villageoise, parsemée d'intonations rieuses qu'elle se plaisait à accentuer et qui se détachaient comme les fragments de motifs, galants et légers, d'une tapisserie à demi effacée. Elle avait là, pour eux, un répertoire d'anecdotes curieuses, de moqueries, de souvenirs enjoués qui, s'ajoutant à ces fantômes d'ariettes oubliées, l'aidaient à mettre dans leurs rencontres un peu de cette gaieté insouciante qui avait sans doute été, en d'autres temps, une part de sa nature et de sa vie. Sa conversation avait le charme des vieux albums, rehaussé d'accès de tendresse, et dessinait de gracieuses épaves, baignées dans la lumière d'un temps que les petits n'avaient pas connu.

Le combat qu'elle menait pour donner à sa vie la teinte d'un discret exil l'épuisait pourtant, et dans ses yeux d'un bleu limpide affleurait, presque sans cesse, cette souffrance qui renaissait plus forte, plus insistante, de chaque effort de son esprit pour l'écarter. Et lorsque la radio apportait la nouvelle d'un malheur, la plainte de ce regard s'accentuait, comme si l'ennemi intime, familier, avait frappé ailleurs. Lassitude d'un combat perdu d'avance contre ce fait accidentel : son enfant chérie, sa fille aînée, son amour, était morte, à trente-six ans.

Dilemme

À te rendre ainsi ce culte secret, comment ne pas devenir un monstre, un idiot ? Recueillir les traces, les anecdotes, les souvenirs des autres, comme autant de papillons épinglés dans des boîtes ? Dans ce folklore éteint, j'ai cherché des aperçus sur le mouvement même de ta vie, sur la jeune femme vivante que tu as été. Mais à mesure que se formait, dérisoire, cette mosaïque d'éclats mal ajustés, ta figure s'y dérobait, et ton sourire se retirait dans l'ombre. Fallait-il alors converser, à même la nuit, avec l'invisible, au risque de s'y perdre, d'y devenir le dévot d'un vertige ? Et retourner contre ceux qui t'oublient les sentences d'exil, par une tyrannie aux ressorts secrets, nourrie des forces du néant ? Ces questions tournent, se retournent contre elles-mêmes, et seule demeure l'empreinte de la stupeur.

Couloir

Son insomnie fore des galeries dans le sommeil du monde. Il se lève alors, emprunte un long couloir, allée de livres refermés. L'Histoire y est écrite, sur des milliers de pages. Mais celle de l'inconnue n'est écrite nulle part. Jeune femme, elle n'a pas eu le temps d'imprimer sa marque sur le monde. Des amis dispersés, sans doute, évoquent de loin en loin son souvenir, quand le hasard de la conversation les y amène. Puis passent à autre chose. Lui, le guetteur, ne désarme pas, et son épuisement nourrit son obstination. Cette attention orpheline, qui veille ce qui ne viendra pas, qui dira ce qu'elle consume en lui ? La cendre devient ainsi, insensiblement, la matière même d'une vie. Il s'y étend parfois, oublieux de sa souffrance, parfois même la croit devenue fertile, comme celle des volcans. Des fleurs rouges, alors, sensuelles comme des bouches, viennent éclore en secret sur ce sol noir dont chaque grain est un instant de sa vie perdue…

Quand le jour se lèvera, livide, il cherchera son histoire sur les visages figés des anciennes photos, suivant du bout des doigts cette ligne d'ombre dans l'ombre, droite mais chargée de sutures invisibles, droite comme, sur un écran, au fond d'un hôpital, le tracé du cœur qui ne bat plus.

Averses

La lande imprécise. Remise du monde, terrain vague à l'arrière du ciel, sur lequel bée un regard révulsé. Certains jours elle nous accueille, comme aucun jardin, aucune montagne ne pourraient le faire. Terre des absents, pourtant traversée de printemps inexplicables, où les sucs montent aux fleurs comme le rouge aux joues des amoureuses. « C'est pour toi », dit une voix, « c'est pour elle et toi que mes feuillages bruissent, que les paumes de mes branches accueillent les eaux du ciel, c'est pour toi que s'efface le bourdon monocorde des attentes, que se dissipe le froid piégé dans les à-pics déchirés ; c'est pour toi que le chant stérile des heures creuses s'évanouit, que leurs ossements font place au rameau d'aubépine où s'épanouit la chair des fleurs. »

Et sous les pluies, des insectes délicats frottent leurs membres, échangent des saluts en forme d'énigmes, se courbent, se frôlent avec effroi, comme de grands courtisans aux mines impassibles. Ils scintillent dans leurs carapaces incolores. Ils sont les desservants de la dernière scène. Derrière eux tout bascule à nouveau, comme si le sort perdait ses pouvoirs – tout disparaît, et la lande reste vide, théâtre éteint, semée de nuages informes, de pluies éraillées, table assombrie où l'obscur se déploie sans limites.

Intrus

Comme s'éloigne le bruit du monde. Combien de fois, au milieu d'invités, a-t-il dérivé pendant qu'on lui parlait ? Était-ce toi ou ton absence, ce bandeau sur les yeux, était-ce moi, cet homme qu'une inconnue, invisible, prend par la main, emmène ? Il se sent comme un intrus dans ce monde qui bruisse autour de lui. À moins que ce ne soient eux, les intrus. Occupants sans titre du pays neigeux du deuil, qu'ils noircissent sans le voir. Occupés à leurs calculs, à leurs parades, à poser des collets d'intrigue, grimaçant sur une scène que mine l'absence de l'inconnue. À ce jeu l'invisible se donne tous les droits. Dans ce silence, ce déni, un bibelot insignifiant, s'il parle d'elle, devient une relique.

En silence, l'intrus porte les couleurs de l'innommable.

Quotidien

Il s'est éveillé à bout de souffle. Comment se recomposent le visage, les gestes, le maintien, l'allure de cet homme dont il habite la figure ? Dans le matin encore noir, il enfile un de ces costumes qui demeurent suspendus dans son placard comme des défroques dans la coulisse du temps immobile. Comment s'assemblent, enveloppés de cet habit, les restes encore chauds de celui qui, des heures durant, a erré dans les mauvais lieux du sommeil, banlieues troubles de sa conscience, pleines de présages désœuvrés, fertiles en mauvaises rencontres ?

Après cela, seule une alchimie sacrilège, incomprise de celui qu'elle gouverne, lui permet de faire surface, d'offrir au monde une façade. Ce qu'elle sécrète le détourne de sa profondeur, inhabitable, et y laisse un autre lui-même, un serviteur abandonné de la vérité. Que lui reste-t-il, à celui-là, à celui qui voudrait demeurer près de toi ? Lui reste-t-il un vêtement dont il puisse couvrir sa nudité ? Lui reste-t-il un visage ? Nul ne le sait, pas même lui. Il accueille, à travers sa cornée d'aveugle, le rayon de ce qui fut, jadis, ta présence, et qui vient à lui comme la lumière d'une étoile éteinte depuis longtemps. Il plonge un linge pur dans la source morte, et s'en abreuve.

État civil

Il conçut la terreur de l'état civil. Sur le livret de famille, la prise d'acte du décès était là, déjà écrite, qui les attendait, chacun. Comme un cercueil vide posé au milieu de la chambre où l'on s'aime, se parle, se regarde.

Un scribe de la République était venu, d'une longue écriture presque semblable à celle qui avait noté ta naissance, tes prénoms – l'énigme du troisième, *Image*, reste posée sur toi – préciser la date de ta mort. Ainsi tout était prêt, déjà, pour chacun d'entre nous. De cette table des matières nous serions effacés, minutieusement, comme tu l'avais été.

Hors d'haleine avec toi je rejoins nos silences et j'ouvre leurs portes, une à une, comme on libère d'anciens prisonniers.

Et de chaque cellule sort une voix, puis une autre : leurs lèvres dessinent une empreinte sous le voile blanc de l'oubli.

II

Annonciation

Ses ailes ont des couleurs de feu. Du rouge, beaucoup de rouge, tous les rouges de la Création : de la pourpre, du vermillon, du carmin, du magenta, de la cochenille, de la garance ; des rouges violacés, des rouges orangés, des rouges sans nom, des rouges innommables, des rouges sang, des rouges oubliés, des rouges éperdus, des rouges duveteux et familiers comme des gorges d'oiseaux, des rouges profonds comme la mer. Et son visage est rieur et doux. La nouvelle qu'il porte est si joyeuse qu'elle a fait son chemin dans toutes les fibres de son corps. Mais a-t-il un corps ? Il s'incline doucement, pour rassurer le petit terrien. Il est l'éveil. Il sait que sa joie est trop forte pour celui qu'il visite, pour l'enfant ignare racorni dans la honte, tassé dans le silence comme dans une cage informe, pour l'orphelin endimanché qui donne le change au monde, pour l'élève appliqué qui ne lève pas les yeux, de peur de croiser un regard. Pourtant il le visite, ce jour-là. Et des fossettes bordent l'esquisse de son sourire, et la grâce indicible de ses yeux se plisse aux commissures, et le mouvement de sa main ouverte porte et retient son souffle tandis qu'il parle. Et il parle. Il parle à l'enfant sale de souffrance. Il lui parle dans ce sourire. Et il lui dit ceci : « Ta mère n'est pas morte. » L'enfant le regarde. Et lui crie : « Menteur ! »

Mater

Elles te ressemblent toutes. Couronnées ou couvertes d'un voile ; les yeux baissés ou levés au ciel ; vêtues d'un bleu léger ou chargées de brocarts, de soies, de dentelles, de colliers ; seules dans le froid d'une église, ou ceintes d'un halo de ferveur où se mêlent les cierges et les ex-voto, et mille offrandes incongrues, babioles pieusement déposées par la marée des pèlerins. *Salve Regina, Mater misericordiae, vita dulcedo, et spes nostra salve.*

Elles sont jeunes comme toi. Éternellement jeunes tandis que je dérive avec le temps sur la barque que tu as quittée, gracieuse, pour disparaître comme Eurydice sur le rivage interdit. Mes genoux désirent la pierre froide. La stupeur fait de moi le plus naïf parmi ces fervents qui te cherchent, les yeux fermés, le front collé à l'invisible. Obstiné.

Bientôt, elles n'ont plus été seules à te ressembler. Ton visage venait aux visages, et au fond de chaque appel je devinais le tien. Les informes, les silencieux étaient gagnés par ta grâce. Jusqu'aux masques himalayens qu'un jour je découvris, disques de matière brute, percés de deux trous d'ombre pour les yeux, d'un trou d'ombre pour la bouche, et qui semblaient posés à même les ténèbres. Voix des mondes coupés du monde : c'était toi encore. Et leur stupeur, puisée au fond des temps, était mienne, était nôtre. À travers eux, mon cœur enfin te chantait, te psalmodiait, d'une seule note profonde, abyssale, dont l'onde irradiante, depuis le fond des âges, traversait la grande nuit, vers nous, sans y laisser de traces.

Et Cassandre, voyante captive, tremblante de sentir, à travers les portes du palais d'Agamemnon, l'approche du couteau, saisie déjà, dans sa chair presciente, par l'imminence du sang, son corps frêle soulevé par la nausée du présage, c'était toi et moi. Toi et moi ensemble.

Avant l'âge

À mesure que ton absence a fait du monde une cathédrale inhabitable, pleine de reflets dont l'origine m'échappe, j'ai oublié ce qu'étaient nos petits moments, quand blotti au creux de toi je ronronnais, plastronnais en héros inconscient de ce commerce sensible, de cette liesse dont ton règne, ta présence, ton corps maternel m'entouraient…

Je lis sur les photos ton émerveillement de mère et ma joie égoïste, ma joie sauvage au creux de toi. De fil en aiguille, comme quand disparaissent, par des enchaînements inflexibles, les espèces animales que nous avons aimées, la ruine dévorante s'est emparée de tout, et je ne sais plus tourner mon regard vers nous.

Ce *nous*, c'est le nom d'un trou de mémoire. De la clairière qui se formait entre tes bras mon sommeil lui-même a perdu le chemin : rien de nous deux ensemble ne s'y incarne plus. Seules y apparaissent, parfois, comme l'empreinte d'un corps sur un lit déserté, les formes vides de nos gestes.

Analphabète, lourde comme celle de ces mannequins suspendus que les enfants battent pour les rompre quand vient leur anniversaire, ma tête se perd dans sa grammaire effacée, honteuse de tant d'oubli, quêtant ce passé qui s'éloigne en fragments évasifs, comme un nuage se disloque.

Mur

Le mur est là devant lequel tu prenais ma tête entre tes mains, ton visage, le mien, éclosions expressives, images de nos cœurs enfouis dont le battement se transmettait, lui aussi, depuis la nuit des temps.

Le mur est le même. Ma voix ne peut se faire aussi lente que l'est, en lui, sur lui, cette empreinte du temps, faussement immobile, qui parle seule pour le vent, pour le ciel, une langue composée de toutes les forces et de toutes les flétrissures du monde. Une langue à un seul caractère dont la forme, la texture, les couleurs sans nom accueillent, expriment le chœur de millions de fissures, d'affaissements, d'improbables saillies, de décollements et d'agglomérats, de moisissures lentes et de brusques averses, d'étés asséchants comme la mort, d'hivers impérieux qui saisissent tout pour tout abandonner, d'un glacis de poussières fertiles venues dans un mouvement d'air, d'insectes patients et d'autres, leurs semblables invisibles, creuseurs, fornicateurs, magnétisés par l'œuvre qui commanda un temps leur survie éphémère, concourant par leur salive, leurs excréments, à quelque obscure fertilité enfouie dans les ridules de la pierre, dans ses failles, à quelque trame ou à quelque sape, au gonflement des mousses, à l'éclosion brève de fleurs de hasard, bientôt ramenées par les froids au squelette noirci dans lequel se fige leur silhouette avant de disparaître, livrant à l'orage leur fossile plus léger que l'air... Testaments, sédiments de myriades d'instants versés à la fosse commune des heures, pulvérisés dans la blancheur de l'oubli.

Et mon cœur à présent, mon visage devant ce mur, un seul et non plus deux, travaillé lui aussi, comme le mur mais de l'intérieur, par le labour de l'inquiétude qui strie, dessine puis s'arrête pour laisser place à la mort, confiant à d'autres bêtes, à d'autres vies, au sein même du cadavre, le soin de poursuivre son œuvre. Le mur ignore cette limite, cette rupture, vie et mort lui sont tout un.

La dépouille, ce nom que nous donnons au corps mort accueillant le regard du vivant, cela seul, ce moment, cette limite, nous détache fugitivement de cette trame où vie et mort se confondent. De ce travail sans fin que le mur accueille, immobile. À cette dépouille on se hâte, pourtant, de fermer les yeux. À toi, à d'autres. Désir de voir le mort faire le mort et pas n'importe quoi. De clore cette stupeur où stagne, à ciel ouvert, la transparence de l'être-mort. Et que la peau recouvre, comme une vague.

III

Le 30 mai 1973 une voiture te renverse et te tue. Cet instant, qu'ai-je fait d'autre que de l'imaginer ?

Avec sollicitude, l'institutrice me prend à part, me retranche du monde, je suis emmené dans une retraite, entouré d'adultes aux visages rougis qui me préparent…

Une pierre au loin tombe dans l'eau matricielle dont la surface se reforme, sans une trace : ma vie de la tienne s'éloigne comme l'onde née du choc. Parfaitement circulaire, elle entame ce voyage dont la forme, désormais, doit tout à l'accident. Un rivage un jour l'arrêtera et ce sera la fin, la mienne, la tienne en moi, mais il ne paraît pas : l'onde ne joint aucun bord, elle court, inaperçue de tous, sur le lac qui s'étend à perte de vue, portant seule, dans son dessin, la mémoire de ce qui fut.

Nul n'en devine l'origine mais qu'importe : aucun regard ne la suit. Alentour les vies se font. Le bruit du monde cicatrise.

Mais la mort a posé ses scellés sur tout ce qui sera, désormais. Les mots s'en approchent en silence, interdits, comme les animaux reviennent, au fond d'une forêt, quand s'éloigne la traque. Boire à une source si froide que sa transparence, reflétant le vide, aiguise toute solitude.

Sous la folie de l'habitude, le remous des ancres arrachées, la danse des amarres errantes.

Khayyâm

Aux premiers stades de son développement l'embryon revisite, par les formes successives de ses organes, les étapes anciennes de l'histoire du vivant. Une mémoire antérieure à l'apparition de l'homme se dessine dans ces métamorphoses, et des millions d'années d'évolution repassent, fugaces, dans cette mutation qui façonne l'être à naître. Ainsi la mort, la mort cellulaire, dessine-t-elle les contours de la vie. D'une palme grossière elle fait une main fine. Omar Khayyâm murmurait : « Si la nature, qui est femme, était fidèle, notre tour d'être aimé ne serait pas venu… »

Songe à ce creusement, dans le temps, de l'espace et de la forme d'une vie, comme la brève arabesque que dessine, sur la peau du fleuve, le courant détourné par une main, avant de rejoindre le lit majeur.

Songe que nous pourrions, peut-être, toi et moi, renaître ensemble dans ce mouvement, toi morte, moi vivant, ensemble, vivants d'un mouvement aux racines fluides, plus réel que le temps qui me sépare de toi.

Derrière ma vitre, ce gris que tu as connu. Et les heures mornes, goutte à goutte, à la fosse commune.

Batz-sur-Mer

Au loin, le clocher de Batz se dessine derrière le marais salant. L'enfant regarde vers la mer. Quand il s'en approche, les vagues qui se creusent laissent apercevoir une chair souple, baveuse, soulevant des algues qui s'étirent dans le mouvement de l'eau. La vie est là, tout entière, mais c'est la mort qui lui parle depuis ce ventre d'ombre, brassant la semence et l'ordure dans la rumeur du retour. La plage est sale par endroits. L'épuisement du monde s'y dépose, liséré d'immondices venues de nulle part. Inexorable, naïve, la mer dessine sur le sable la signature qui dénonce son empoisonnement.

Et devant cette souillure, l'enfant sent en lui un très vieil animal qui agonise. Sa chair palpite dans un manteau d'ombre, tandis qu'il fixe sur le ciel un regard incrédule où se lit la tendresse vaincue.

Masque de fer

Le livre se refermait comme une prison sur la gravure sombre, jusqu'à ma prochaine visite. Il m'attendrait. Il m'attendait depuis si longtemps. La grille du masque qui couvrait son visage n'enlevait rien à la douceur de sa présence. Au contraire. Il se tenait pensif, escrimeur sans épée, dans une pièce dont on devinait les murs énormes, immobile et comme hésitant, la tête légèrement inclinée vers le sol, dans une pose élégante, empreinte de réserve, sur le point peut-être de parler d'une voix douce à ce visiteur dont il semblait accueillir la présence. « Chartreux de mélancolie », comme

Charles d'Orléans dans son exil anglais, comptant les années perdues comme des jours. C'est en moi qu'il demeurait, frère sensible dans la nuit des temps, sans visage et pourtant si proche. Dans mon sommeil, je montais le rejoindre par l'escalier circulaire qui menait à sa cellule. Me parlerait-il un jour ? D'où me venait cette émotion presque amoureuse devant la silhouette de ce silencieux dont la respiration, emprisonnée par le treillage, battait seule la mesure du temps ? Un souffle inaperçu, au cœur de l'insomnie, comme les vagues qui reviennent dans la nuit.

Visite

La salle de l'hôpital est longue, les boxes séparés par des vitres. La nuit des enfants gémissent, et d'autres les entendent sans trouver le sommeil. Les opérés du jour, qui sont revenus de salle d'opération au bout de plusieurs heures, demeurent à demi inconscients. Des poches de sang ballottent en surplomb de leur brancard quand il roule sur les dalles.

L'orphelin ne trouve pas le sommeil. Il attend la visite de celle qui ne peut venir. Les plafonds de l'hôpital lui rappellent les voûtes des manèges de Chantilly, dont les écuries n'étaient pas encore transformées en musée. Les soirs d'hiver, alors que la pénombre et le froid se refermaient sur les cavaliers, les ombres des chevaux s'y dessinaient, dansantes, à mesure qu'ils tournaient à la file, communiquant une vibration profonde à ces murs où des lampes jetaient des lueurs, malgré la sciure qui assourdissait leur galop. Le corps fumant des chevaux, la nervosité qu'ils se transmettaient, les expirations brusques qui faisaient trembler leurs naseaux et scandaient le roulement régulier de leur ronde, faisaient naître un envoûtement qui se prolonge dans ses sommeils d'enfant.

Et voici qu'ils reviennent hanter ses insomnies : leur chair habite, anime les faibles ombres de l'hôpital. Ces chevaux sont toujours là. Leur bousculade magnifique suit son chemin comme une rivière souterraine, charnelle et renaissant d'elle-même, parcourue d'une agitation sensible, fluide mais rompue de saccades, qui est la vie même.

Et sous les voûtes, un ballet d'ombres lui fait écho, à jamais prisonnier du silence. Au loin, au-delà des murs, s'étendent des forêts où d'autres galops vont se perdre, dont cette cavalcade première est la matrice à jamais vivante. Ils fusent, s'abolissent.

Puis un opéré crie, de nouveau, et l'on entend sur le dallage le pas de l'infirmière. Le présent : ce couteau qui, toujours, déchire le rideau fluide derrière lequel tu me parles.

Allée

Comme un cheval dételé, lancé au grand galop, ressent en lui le monde, comme sa course lui découvre le vertige du monde, toutes sèves et tous liens du monde célébrés, aux limites de la déchirure, je me lance vers toi, à corps perdu. Ivresse de n'être plus que cet élan sûr de sa forme, sourd aux échos dont l'onde l'environne, mêlant son souffle à celui de la forêt.

Mais ce cheval peu à peu se détache de moi. Comme un double rêvé je le vois disparaître, aspiré par l'allée rectiligne que voûtent des branches noires, arceaux d'hiver sur la perspective infinie.

Et je reste seul, fixant le boyau de brume, silhouette insignifiante dans le froid humide, dans le nu des troncs. Otage d'un froid banal, d'un froid de saison, pénétrant ; seul comme celui qui s'est, sans savoir pourquoi, aventuré trop loin sur un chemin perdu.

Alors j'entends, très loin, le bruit d'un train, ferraille du présent, incise traçant dans mon dos la voie coupante au bord de laquelle s'écartent les chairs du temps pour retomber, inertes, derrière le moment qui s'éloigne...

Vol

À mesure que je te cherche, que je crois te rejoindre aux lisières du sommeil, je deviens cet oiseau ivre du beau saccage des sources, ivre de ses ailes unies à la nuit fraîche comme la peau à la chair. Docile à la flambée du vent. Aveugle. Échappé. Et soudain le vertige de l'informe lui fait perdre connaissance. Il tombe. Sa chute ne rencontre rien.

Quand il renoue avec la conscience, ses membres épars sur l'océan sont traversés par la lumière, comme des bris de vitrail posés sur une peau de verre.

Mémoire immobile, myriade, miroitement, rumeur que le temps ne visite plus qu'au passé, dans les couleurs de l'instant.

Sang

La balle casse l'aile de l'oiseau. D'en bas, le chasseur au visage couperosé, ventre sanglé dans une cartouchière, ne voit pas les os fins qui éclatent, les gouttes de sang qui jaillissent. Il voit les plumes qui se détachent, le chaos qui saisit la belle trajectoire, rêveuse et magnétique, qui guidait la migration. Il devine l'effroi des autres oiseaux dont les battements d'ailes se précipitent, tandis que d'autres détonations se font entendre. Ce vol fracassé lui procure un instant de pure jouissance, avant que l'oiseau ne tombe comme une pierre, et que le chien n'aille le saisir, chaud et tremblant, vivant encore malgré sa lourde chute. Dans la gueule du chien, le cœur palpite, l'oiseau tressaille, le chien resserre ses crocs, l'œil de l'oiseau se voile…

Malou (II)

Dix ans après sa fille, Malou meurt à son tour. À la surface du lit son corps mince, amaigri par la vieillesse, semble ne rien peser. Le téléphone est décroché et le combiné pend dans le vide au bout du fil, le long du guéridon Empire qui lui servait de table de nuit. Après un effort pour appeler au secours, elle est retombée et sa tête est tournée vers la gauche, face au mur. Dépouille légère ; son cou se courbe vers l'épaule comme celui d'un pigeon abattu. Ses yeux sont grands ouverts. À la tristesse qui l'habitait se mêle à présent l'humble misère des choses mortes. À l'instant de sa mort, il était resté en elle assez de souffrance pour que son dernier regard en trahît l'excès. Et quelque chose en elle a résisté, et résiste peut-être encore tandis que je la regarde, seul près de sa dépouille, à cette sérénité qui s'empare du visage des morts. Son abandon n'exprime qu'une détresse accomplie.

IV

Travaux

Tu me précèdes souvent. Où mon regard se pose, le visage du monde se dédouble, révélant ta présence dans les choses. Tu te glisses là où rien ne devrait accueillir cette part errante de notre intimité qui, partout, cherche refuge. Ainsi de ce chantier perdu au milieu des usines et des fumées où le bras articulé d'un énorme engin puise, dans des monticules de terre excavée, des pelletées qu'il dépose ensuite dans une fosse, pour la reboucher. La pelle aux larges griffes descend, se remplit, remonte ; l'engin décrit un mouvement giratoire et, à l'aplomb de sa cible, s'ouvre pour lâcher sa cargaison de terre grise et de gravats. Le mouvement se répète. Puis l'homme, dans la cabine, accole sa pelle au sommet du tas qui s'est formé dans la fosse, le pousse en dépliant le bras mécanique, l'écrête doucement pour en lisser la forme. Une paradoxale douceur, une trêve inexplicable émanent de ce geste de la machine, comme si le dos d'une main gigantesque, métallique mais soudain sensible, caressait une joue de sable. L'image me vient d'une caresse impossible à celle que l'on enferme, sous terre, dans une boîte. Pensée absurde, idiote, presque humiliante d'incongruité, et qui pourtant insiste, se colle à moi comme un chien perdu qui se croit adopté et ne veut plus partir.

Wagons

Ils ignorent que nous avons nos planques, nos repaires, toi et moi. Ces gros nids dans les arbres vitrifiés par l'hiver, qu'aucun oiseau ne visite plus ; ces wagons hors d'usage, relégués au bout des voies ferrées, dont la carrosserie encore vive s'écaille, et dont les vitres laissent transparaître les intérieurs éteints, compartiments décolorés qu'un reste d'intimité, de vie possible, n'a pas tout à fait désertés. Oui tout ce que nous hantons nous accueille : où le monde se retire, nous sommes chez nous. Quand mourront à leur tour ceux qui t'ont aimée, alors nous ferons corps avec les terrains vagues, les vaines pâtures, avec l'abandonné, avec les millions d'épaves qui étoilent tristement la terre fatiguée, avec les canaux déserts, leurs iris jaunes et violets, avec les gares désaffectées. Ferrailles d'où les oiseaux épars s'envolent à l'improviste, je ferai de vous les parures de mon inconnue, les joyaux de sa présence morte. Ce que le monde déserte, c'est à nous qu'il l'abandonne.

Zone

Ce sont des terres comme des dessins d'enfants trop chargés, où ce qui fut un paysage disparaît sous les zébrures, les surcouches. Ce n'est pas un pays, c'est un entre-deux lacéré, dont les tunnels semblent être les artères froides, débouchant en impasse sur des ciels pauvres, intemporels. Hangars, abris de tôle, silos, citernes, engins de travaux arrêtés, cheminées de brique, matériels stockés en plein air dans un abandon apparent – parpaings, bobines, tuyaux, rails – comme s'il s'agissait, dans ces parages défigurés, de construire encore – pour qui ? – détritus jalonnant presque tout, berges, prés, pacages se fondant dans une friche souillée – petits refuges aussi, quelques arpents de jardin, une bêche sous un appentis, une cabane où flotte un vêtement, une chaise longue entre les arbres, une balançoire – intimité défaite, grelottante, obstinée, sur laquelle semble planer vaguement l'ombre d'un désastre. Et puis soudain, quelques secondes durant, paraît un alignement d'arbres aux feuilles renaissantes, au pied desquels niche une rivière, comme une mesure tombée d'une portée rompue, dont la mélodie s'efface aussitôt. Il y a des bêtes aussi, des moutons devant une grange en ruine, des vaches serrées au pied d'un petit bosquet, des poules becquetant dans les ordures, des canards n'importe où, un cheval blanc, seul dans son enclos, des petits moineaux dont la bure se fond dans la rouille, qui s'affairent à des tâches minuscules dans l'interstice des choses.

Puis l'hiver vient, que l'oubli dilate dans tes yeux. Et qui ôte à la mort cette peau sensible dont l'avait, un temps, habillée le hasard.

Labyrinthe

Dans ce monde devenu refuge irrespirable, il fait sa ronde. Itinéraires d'hébétude. Gardien ombrageux d'un secret qui lui échappe, il traverse, va sans rien voir autour de lui. Un magnétisme glacé lui tient lieu de boussole, il va, il va machinalement puis s'arrête, et on le trouve là, plus tard, comme affairé, aux prises avec l'oubli qui prend toutes les formes, villes et routes encombrées, halls bourdonnants de mots, cieux vides comme des squelettes… Jusqu'aux feuillages des marronniers dont les ombres semblent abriter des poches de néant qui le frappent d'effroi, et leurs petites fleurs blanches, teintées d'une pointe de sang.

Voyageur

Un passant au manteau élimé, aux yeux un peu hagards, un cœur inconnu qui bat le long des barres d'immeubles, des bretelles d'autoroute, comme une cendre ou une feuille ballottée par un vent froid, inconstant.

Je passe, je t'écoute, je te regarde. Frère mendiant, frère mineur, portant ton âge comme l'oubli. Portant ta vie passée comme un grabat, aussi, et soudain l'abandonnant là, au bord d'une route, pour toujours… Cette légèreté à laquelle la gravité fait place parce que, sans se renier ni tendre vers l'oubli, elle décide de tourner le dos à sa nuit et de partir.

Paumes

Au bord de la route, l'homme ne regarde plus ceux qui passent. Il semble étrangement concentré sur un petit morceau de vide, autour duquel son corps est installé. Comme s'il cajolait une absence, lui parlait à mi-voix. Tous les gueux à demi morts de froid, pour qui vivre et mourir furent une même chose, s'assemblent dans son murmure. Leurs destins abolis tiennent dans cet oubli qu'il entoure de ses mains.

Lui aussi s'y absorbe, pour y rejoindre l'inconnue. À mesure que le jour de sa mort devient plus lointain, que les années passent, laissant une date derrière elles, la vie de l'homme s'éloigne, elle aussi, dans une symbiose indéchiffrable avec celle qu'il cherche. Il la rejoint mais ne la retrouve pas, chemine avec elle dans l'inanimé, sans pouvoir tourner vers elle son regard. Il la rejoint seul, et se découvre encore plus seul de l'avoir presque rejointe. Est-ce une illusion ? À ce point de résignation, à cette frontière qu'il n'atteint que dépouillé de tout, la question perd son sens : le réel comme l'illusion s'abolissent dans une tristesse sans contours.

Errants

Il la cherche dans les terrains vagues. Devant lui, le squat est abandonné. On a muré les portes, les fenêtres, bâillonné le vent qui visitait leurs sommeils lourds. C'est ici qu'ils venaient dormir : bouches béantes des errants avinés, appels silencieux des enfants qu'ils avaient été, dont la trace s'est perdue dans les visages bouffis, les corps usés par la rue, appels que le temps a réduits au silence, ossifiés par l'oubli.

Restent, au-dedans, ces grabats de fortune aux couleurs fades ou criardes, que le hasard avait assemblés. Restent les traces de ceux qui avaient trouvé là un refuge et y avaient fait leurs nids d'humains, avec des matelas de nylon, des réchauds, des ustensiles. Noires ouvertures des fenêtres sans vitres, incertaines, chargées comme l'haleine d'un vieux dormeur, à présent condamnées. Parpaings comme du coton dans la bouche et les yeux des suppliciés.

Cet abandon qui rôdait là, cette obscure invitation qui émanait de la maison perdue, on les a colmatés. Ce lieu hors d'usage, que hantaient pourtant tous les usages possibles, la rencontre de l'ami ou du tueur ; ce trou d'ombre, ce signe grinçant du vide aux occupés, et de la mort aux passants qui croyaient la tenir en respect, on l'a enfin refermé sur lui-même. Murs aveugles : savent-ils, ceux du dehors, que ce sont eux, à présent, les emmurés ?

Empreinte

Toute sa vie lui apparaît ainsi, comme une chambre d'hôtel laissée en désordre le matin du départ. Çà et là, une valise ouverte est posée à même les draps, sur cette fine enveloppe qui, quelques heures plus tôt, accueillait les corps fragiles, aimants ou fatigués. Une béance efface l'intimité qui s'était tissée, déjà, dans ce petit refuge.

Image

Il arrive qu'un linge, posé à même le sol, signale seul la présence d'une femme invisible. Que l'on devine nue. Au Japon, c'est un peignoir : celle qui le portait est là, sans doute, mais hors du champ de l'image. Image était ton troisième prénom. Ainsi l'avaient voulu tes parents. Je ne t'ai jamais vue nue. À tes enfants, tu ne te montrais pas ainsi. Parfois pourtant, une robe tombée au sol accentue ta présence. L'énigme caressante insiste, se loge quelque part dans l'air de la pièce.

Rouge

Un champ de coquelicots surgit au bord de la route. Beau comme un lit défait où les amants reviennent, quand le soleil est déjà haut… Sa constellation explose comme l'empreinte des premiers temps. Tu m'y emmenais. Tu m'y attends ce jour de juin, immobile, silencieuse.

Cette chair sensible des coquelicots, je l'effleure depuis l'enfance, depuis que j'ai appris à la toucher sans la détruire. J'ai tourné avec toi dans cette ivresse d'ocelles rouges mêlés aux herbes hautes, puisant leur sève au revers pourpre de la nuit dans des secrets d'aveugle, pour la jeter au visage des passants, le jour venu, comme le feraient des enfants espiègles…

Cette houle d'éclats, lueurs montantes d'un naufrage terrien, sang d'un soleil mis en pièces, nous soulevait ensemble. Elle s'est enroulée autour de moi, ce matin encore, comme le sillage d'une comète, enlaçant ton image retrouvée, avant de la disperser à tout-va.

Cendre

Août docile au fond de toi, où la lumière ne change plus, trou de mémoire aveuglant où d'anciens espoirs se perdent comme des lampes folles dans le jour.

Le pays perdu vit en nous d'une vie propre. D'une vie qui n'est pas celle qui aurait été si tu avais été là, si nous l'avions rejoint quand il s'offrait encore, et qui pourtant croît comme une plante au secret dans une chambre noire, puisant sa sève et sa forme dans les sous-sols de la scène abandonnée.

Et je connais aussi cet été qui s'épuise, non dans la grâce d'une clarté plus tendre, mais comme la pointe aride d'un souffle, où rien ne respire plus – le sol s'empoussière comme le dos pelé d'un âne, au ciel passent quelques nuages rapides, égarés, la lumière se vide et la terre ne lui répond plus, gagnée par l'usure, la résignation. Cet unisson gainé par la chaleur, tendu vers un midi héroïque, qui régnait encore quelques jours plus tôt, se défait : les cigales chantent dans le vide, la terre ne vibre plus, le ciel s'affadit et la mort nous parle de près, de plus près sans doute qu'au cœur de l'hiver.

Cendre de nous, ne te disperse pas encore. Un peu de vent, demain, y suffira…

Winterreise

Le traîneau suit la route, dont le tracé se perd dans un halo où la terre et le ciel se joignent. Avant de s'effacer. Les arbres nus se devinent, les corbeaux qu'on entend parfois demeurent invisibles. Ce qui s'éloigne perd son nom et rien ne se rapproche si ce n'est, au loin et pour finir, le joueur de vielle aveugle, offrant au froid la taie neigeuse de ses yeux morts. Titubant. Prescience de l'ami, au bord du monde, égrenant de ses doigts gourds, couverts d'engelures, un chant dont la ligne vacille.

Ce jour de rien n'est-il pas le nôtre ? Même en tendant l'oreille, je n'entends rien de plus que la chute irrégulière des gouttes que les arbres nus ne retiennent pas longtemps. Elles suivent la pente des branches maigres, hiverneuses, qui se dessinent sur le ciel comme un lacis de veines noires sur une chair pâle. Arrivées aux extrémités, elles forment une larme où se prend un jour indécis, puis se détachent et tombent.

Image, tu me parles. D'où nous vient cette obstination ? Comme si la goutte ne se détachait pas et demeurait suspendue dans un entre-deux, dans une saison froide qui n'aura pas de fin.

Halage

Marcher. Le long de ce canal très droit, très long, que bordent des peupliers. Être là deux silhouettes, lointaines dans leur intimité, petites sur l'horizon. Deux voix qui échangent peu, deux mains qui se retiennent. Ignorer l'avenir ensemble. Pas à pas. Porter les yeux sur cet horizon dont le corps s'embellit de ce qui manque, de ce qui fuit. Peu d'arbres, pas de relief. Juste le sol et l'air, le vide et les nuages, signes d'impermanence. Être le long de ce canal, de plus en plus loin, loin du regard, loin des autres, deux toujours, droits, presque comme les arbres, et comme eux presque silencieux.

Mise en pages PCA
44400 Rezé

Cet ouvrage a été imprimé par
Laballery
pour le compte des Éditions Grasset
en septembre 2018

N° d'édition : 20588 – N° d'impression : 807516
Dépôt légal : octobre 2018
Imprimé en France